深蓝的艾莉

【比利时】盖尔特·德·科克勒 /著　　【比利时】里薇·巴腾 /绘　　施辉业 /译

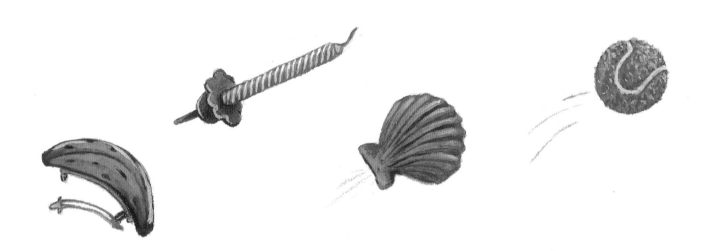

天津出版传媒集团

新蕾出版社

你知道小艾莉吗？
深蓝家族的小艾莉，
她可是深蓝家族的小女王。
这个小秘密，只有小艾莉自己知道，其他人谁都不知道。

小艾莉非常喜欢深蓝色。

每天早上，她都从深蓝色的床上跳下来，

穿上深蓝色的拖鞋，顺着深蓝色的楼梯走到楼下。

"早安，我可爱的蓝桌子！早安，我精致的蓝椅子！"

小艾莉兴奋地唱着，跟桌子和椅子打招呼。

接着，她从深蓝色的碗柜中，拿出了一个深蓝色的罐子。

罐子里面装着深蓝色的蓝莓酱，它是用深蓝色的蓝莓果制成的。

在两片面包上，小艾莉涂满了厚厚的蓝莓酱。

接着，她津津有味地吃起来。

吃完面包后，小艾莉用深蓝色的杯子，喝着深蓝色的茶水。

这种深蓝色的茶水，是用深蓝色花园里的深蓝色鲜花制成的。

花园里还有深蓝色的大树，它们可是深蓝色鸟儿们的家。

没有人知道，小艾莉为什么那么喜欢深蓝色，
就连小艾莉自己也不知道。
小艾莉认为自己天生就喜欢深蓝色。
这跟打喷嚏一样正常，不管喜欢不喜欢，人，都是要打喷嚏的。

小艾莉长得非常漂亮。

因为她长得太漂亮了，所有见到她的人，都忘了该说什么好，
只能发出"啊！""噢！"的赞叹。

就因为这个，小艾莉很少有机会跟别人聊天，这让她很烦恼。

因为她的确是一个爱聊天的女孩。

小艾莉是一个酷爱深蓝色、非常漂亮、爱聊天的小女孩。

小艾莉酷爱深蓝色，对深蓝色的东西更是着了魔。

在深蓝色的大海边，她深蓝色的房子里，

小艾莉收藏着很多奇异的深蓝色东西：

一个躲在云朵里若隐若现的深蓝色小头像；

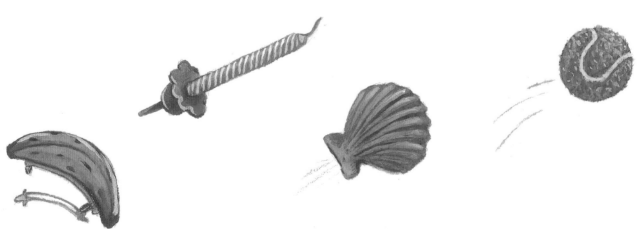

一条会唱歌的深蓝色金鱼；

一摞堆得高高的深蓝色的书。

有一天，当小艾莉正在海滩上寻找深蓝色的贝壳时，

她遇见了金黄国王。

小艾莉看见，金黄国王光着的双脚是金黄色的。

小艾莉听见，金黄国王只发出"啊！""噢！"的赞叹声。

然后，金黄国王什么也没有说……

"真可惜，他也不能陪我聊聊天。"小艾莉不高兴地叹着气。

第二天早上，金黄国王又来到了海滩。

他光着的双脚是金黄色的。

当他见到小艾莉时，金黄国王只发出"啊！""噢！"的赞叹声。

然后，金黄国王什么也没有说……

第三天，同样的情况又发生了。

第四天，还是一样。

到了第五天，小艾莉在沙丘后面藏起来了。

她看到金黄国王从很遥远的地方走来。

金黄国王光着的双脚是金黄色的。

金黄国王不停地找，他在海滩上找来找去。

可是，即使他找了一百遍，仍然没有见到小艾莉。

于是，金黄国王孤独地走回他的金黄宫殿。

这时，小艾莉心里很乱。

她不知道自己在想什么，也不知道自己该怎么做。

她喜欢金黄国王，甚至，她会想象着嫁给他。

但是，现在她也不能确定，自己会不会喜欢金黄色。

小艾莉想着：爱情是蓝色的，因为大海是蓝色的。

而爱就像大海一样深。

最后，小艾莉决定，要为爱而努力。

她在自己深蓝色的茶壶上，画上了金黄色的小花。

她把精致的蓝色餐椅涂成了金黄色。

在深蓝色的床单上，她缝上了金黄色的小矮人。

小矮人们还戴着金黄色的尖顶帽。

小艾莉仔细看了好一会儿，心里想：金黄色真的很漂亮，
不过……不像深蓝色那么漂亮。
后来，小艾莉觉得自己已经足够喜爱金黄色啦，
所以，她穿上了一件有黄色斑点的深蓝色套头衫。

她穿上深蓝色的裤子，
搭配一双有黄色鞋带的深蓝色鞋子，
这才走出家门。

这时，在海滩上，

金黄国王正在不停地寻找，他光着的双脚是金黄色的。

当金黄国王发现小艾莉时，他只发出"啊！""噢！"的赞叹声。

接着，他俩互相看着，什么也不说，周围一片寂静。

突然，金黄国王说："我……我爱你！"

小艾莉和金黄国王相爱了。

小艾莉给金黄国王看她深蓝色的鞋子，搭配着金黄色的鞋带。

金黄国王给小艾莉看他的金王冠，上面装饰着深蓝色的宝石。

小艾莉和金黄国王不停地聊着天，聊啊……聊啊……
蓝色和黄色的词语全部混合在一起。
他俩从金黄色的早上，一直聊到深蓝色的晚上。

又过了五个白天，六个夜晚，小艾莉嫁给了金黄国王。
她带着自己所有的深蓝色收藏品，
搬到了深蓝色的大海边上的金黄宫殿里。

每天晚上，小艾莉和金黄国王睡在铺着深蓝色床单的金黄色床上。

每天早上，他俩一起吃夹着深蓝色果酱的金黄色三明治。

他俩用金黄色的杯子，喝深蓝色的茶水。

不久，艾莉和金黄国王有了小宝宝。

他们可不是一般的小宝宝，他们都是绿色的小宝宝。

只有小丽丝跟她的妈妈艾莉一样，她是蓝色的小宝宝。

丽丝长大后嫁给了红霞王子。

他们有了紫色的小宝宝。

只有小罗比跟他的爸爸红霞王子一样,他是红色的小宝宝。

罗比长大后娶了金色公主。

他们有了橙色的小宝宝。

只有小安娜跟她的妈妈金色公主一样，她是金黄色的小宝宝。

……

后来，在深蓝色的大海边上，在金黄宫殿里，

住着许多小宝宝：

红色的小宝宝、

橙色的小宝宝、

金黄色的小宝宝、

绿色的小宝宝、

蓝色的小宝宝、

紫色的小宝宝。

每次下完雨，太阳一出来，所有的小宝宝都从宫殿里跑出来玩。

他们一起欢呼跳跃，排成一座巨大的拱桥。

这时，人们会大叫："快看，彩虹！"

图书在版编目（CIP）数据

深蓝的艾莉 / (比) 科克勒著 ; (比) 巴腾绘 ; 施辉业译. -- 天津 : 新蕾出版社, 2013.8
ISBN 978-7-5307-5798-7

Ⅰ.①深… Ⅱ.①科… ②巴… ③施… Ⅲ.①儿童文学—图画故事—比利时—现代 Ⅳ.①I564.85

中国版本图书馆CIP数据核字(2013)第169835号

本作品简体中文专有出版权由童涵国际独家代理，新蕾出版社出版

津图登字：02-2013-99

The translation and production of this book are funded
by the Flemish Literature Fund

【比利时】盖尔特·德·科克勒 / 著　　【比利时】里薇·巴腾 / 绘　施辉业 / 译

出 版 人：马　梅
责任编辑：张　玚
出版发行：天津出版传媒集团　新蕾出版社
策　　划：尚童童书
特约编辑：张汉平
美术编辑：李燕萍
经　　销：全国各地新华书店
印　　刷：北京尚唐印刷包装有限公司
版　　次：2013年8月第1版
印　　次：2013年8月第1次印刷
开　　本：889×1194　1/16
印　　张：2.5
书　　号：ISBN 978-7-5307-5798-7
定　　价：28.00元